El Hombre Negro

El Hombre Negro

Emily Andrade Cravalho

aldivan teixeira torres

CONTENTS

1 Dedicación Y Gracias 1

1

Dedicación y gracias

"El Hombre Negro"
Emily Andrade Cravalho
EL HOMBRE NEGRO

Por: **Emily Andrade Cravalho**
2020- Emily **Andrade Cravalho**
Todos los derechos reservados
Serie: Las hermanas pervertidas

Este libro, incluyendo todas sus partes, tiene derechos de autor y no puede ser reproducido sin el permiso del autor, revendido o transferido.

Emily Andrade Cravalho, nacida en Brasil, es una artista literaria. Promete con sus escritos deleitar al público y llevarlo a los deleites del placer. Después de todo, el sexo es una de las mejores cosas que hay.

Dedico esta serie erótica a todos los amantes del sexo y pervertidos como yo. Espero cumplir con las expectativas de todas las mentes locas. Empiezo este trabajo aquí con la convicción de que Amelinha, Belinha y sus amigos harán historia. Sin más preámbulos, un cálido abrazo a mis lectores.

Buena lectura y mucha diversión.

Con cariño, el autor.

Presentación

Amelinha y Belinha son dos hermanas nacidas y criadas en el interior de Pernambuco. Las hijas de los padres agricultores sabían desde el principio cómo enfrentar las dificultades feroces de la vida rural con una sonrisa en la cara. Con esto, estaban alcanzando sus conquistas personales. El primero es un auditor de finanzas públicas y el otro, menos inteligente, es un maestro municipal de educación básica en Arcoverde.

Aunque sean felices profesionalmente, los dos tienen un serio problema crónico con respecto a las relaciones porque nunca encontraron a su príncipe azul, que es el sueño de toda mujer. La mayor, Belinha, vino a vivir con un hombre por un tiempo. Sin embargo, fue traicionado lo que generó en su pequeño corazón traumas irreparables. Se vio obligada a separarse y prometió no volver a sufrir por culpa de un hombre. Amelinha, pobrecita, ni siquiera puede comprometernos. ¿Quién quiere casarse con Amelinha? Ella es una morena descarada, flaca, altura media, ojos de color miel, culo mediano, pechos como sandía, pecho definido más allá de una sonrisa cautivadora. Nadie sabe cuál es su verdadero problema, o más bien ambos.

En relación a su relación interpersonal, están muy cerca de compar-

tir secretos entre ellos. Desde que Belinha fue traicionada por un sinvergüenza, Amelinha se tomó las molestias de su hermana y también se dispuso a jugar con los hombres. Los dos se convirtieron en un dúo dinámico conocido como las "Hermanas Pervertidas". A pesar de eso, a los hombres les encanta ser sus juguetes. Esto se debe a que no hay nada mejor que amar a Belinha y a Amelinha ni por un momento. ¿Vamos a conocer sus historias juntos?

Contenido del libro
Dedicación y gracias
Presentación
El hombre negro
El fuego
Consulta médica
Lección privada
Prueba de competición
El regreso del maestro

El hombre negro

Amelinha y Belinha, así como grandes profesionales y amantes, son mujeres hermosas y ricas integradas en las redes sociales. Además del sexo en sí, también buscan hacer amigos.

Una vez, un hombre entró en el chat virtual. Su apodo era "Hombre Negro". En ese momento, pronto tembló porque amaba a los hombres negros. La leyenda dice que tienen un encanto indiscutible.

—¡Hola, hermosa! - Llamaste al bendito hombre negro.

—Hola, ¿de acuerdo? - contestó la intrigante Belinha.

—Todo muy bien. ¡Que tengas buenas noches!

—Buenas noches. ¡Me encantan los negros!

—¡Esto me ha tocado profundamente ahora! ¿Pero hay una razón especial para esto? ¿Cuál es tu nombre?

—Bueno, la razón es que a mi hermana y a mí nos gustan los hombres, si sabes a lo que me refiero. En cuanto al nombre, aunque este es un ambiente muy privado, no tengo nada que ocultar. Mi nombre es Belinha. Es un placer conocerte.
—El placer es todo mío. ¡Me llamo Flavio y soy muy amable!
—Sentí firmeza en sus palabras. ¿Quieres decir que mi intuición es correcta?
—No puedo responder eso ahora porque eso acabaría con todo el misterio. ¿Cómo se llama tu hermana?
—Su nombre es Amelinha.
—Amelinha! ¡Hermoso nombre! ¿Puedes describirte a ti mismo físicamente?
—Soy rubia, alta, fuerte, de pelo largo, culo grande, pechos medianos, y tengo un cuerpo escultural. ¿Y tú?
—Color negro, un metro y ochenta centímetros de alto, fuerte, manchado, brazos y piernas gruesas, pelo limpio, chamuscado y caras definidas.
—¡Tú me pones cachondo!
—No te preocupes. Quién me conoce, nunca se olvida.
—¿Quieres volverme loco ahora?
—¡Lo siento por eso, nena! Es sólo para añadir un poco de encanto a nuestra conversación.
—¿Cuántos años tienes tú?
—¿25 años y el tuyo?
—Tengo treinta y ocho años y mi hermana treinta y cuatro. A pesar de la diferencia de edad, estamos muy cerca. En la infancia, nos unimos para superar las dificultades. Cuando éramos adolescentes, compartíamos nuestros sueños. Y ahora, en la edad adulta, compartimos nuestros logros y frustraciones. No puedo vivir sin ella.
—Genial! Este sentimiento tuyo es muy hermoso. Tengo ganas de conocerlos. ¿Es tan traviesa como tú?

—En el buen sentido, es la mejor en lo que hace. Muy inteligente, hermosa y educada. Mi ventaja es que soy más inteligente.

—Pero no veo un problema en esto. Me gustan los dos.

—¿Realmente te gusta? Sabes, Amelinha es una mujer especial. No porque sea mi hermana, sino porque tiene un corazón gigante. Me da un poco de pena porque nunca tuvo novio. Sé que su sueño es casarse. Se unió a mí en un levantamiento porque fui traicionado por mi compañero. Desde entonces, sólo buscamos relaciones rápidas.

—Lo entiendo muy bien. También soy un pervertido. Sin embargo, no tengo ninguna razón especial. Sólo quiero disfrutar de mi juventud. Parecen una gran gente.

—Te lo agradezco mucho. ¿De verdad eres de Arcoverde?

—Sí, soy del centro. ¿Y tú?

—Del barrio de San Cristóbal.

—Genial. ¿Tú vives a solas?

—Sí. Cerca de la estación de autobuses.

—¿Puedes recibir una visita de un hombre hoy?

—Nos encantaría. Pero tienes que encargarte de ambos. ¿De acuerdo?

—No te preocupes, amor. Puedo manejar hasta tres.

—¡Ah, sí! ¡Cierto!

—Estaré allí. ¿Puedes explicar la ubicación?

—Sí. Será un placer para mí.

—Sé dónde está. ¡Voy para allá!

El hombre negro salió de la habitación y Belinha también. Se aprovechó y se mudó a la cocina donde conoció a su hermana. Amelinha estaba lavando los platos sucios para la cena.

—Buenas noches a ti, Amelinha. No vas a creer. ¿Adivina quién va a venir?

—No tengo ni idea, hermana. ¿Quién?

—El Flavio. Lo conocí en la sala de chat virtual. Hoy será nuestro entretenimiento.

—¿A qué se parece?
—Es Black Man. ¿Alguna vez te detuviste y pensaste que podría ser agradable? ¡El pobre hombre no sabe de lo que somos capaces!
—¡Lo es de verdad, hermana! Vamos a acabar con él.
—¡Se caerá conmigo! - dijo Belinha.
—¡No! Será conmigo -respondió Amelinha.
—Una cosa es cierta: con uno de nosotros caerá -concluyó Belinha.
—¡Sí que lo es! ¿Qué tal si preparamos todo en el dormitorio?
—Buena idea. ¡Te voy a ayudar!

Las dos muñecas insaciables fueron a la habitación dejando todo organizado para la llegada del macho. En cuanto terminan, oyen sonar la campana.

—¿Es él, hermana? - Preguntó Amelinha.
—¡Vamos a comprobarlo juntos! - invitó a Belinha.
—¡Vamos! Amelinha estuvo de acuerdo.

Paso a paso, las dos mujeres pasaron la puerta del dormitorio, pasaron el comedor y luego llegaron a la sala de estar. Se acercaron a la puerta. Cuando lo abren, se encuentran con la encantadora y varonil sonrisa de Flavio.

—Buenas noches! ¿De acuerdo? Yo soy el Flavio.
—Buenas noches. No hay de qué. Soy Belinha que estaba hablando con usted en la computadora y esta dulce chica a mi lado es mi hermana.
—¡Encantado de conocerte, Flavio! - dijo Amelinha.
—Es un placer conocerte. ¿Puedo pasar un momento?
—¡Claro! - Las dos mujeres respondieron al mismo tiempo.

El semental tenía acceso a la habitación observando cada detalle de la decoración. ¿Qué estaba pasando en esa mente hirviente? Fue especialmente tocado por cada uno de esos especímenes femeninos. Después de un breve momento, miró profundamente a los ojos de las dos putas diciendo:

—¿Estás listo para lo que he venido a hacer?

—¡Listos para los amantes!

El trío se detuvo con fuerza y caminó un largo camino hasta la habitación más grande de la casa. Al cerrar la puerta, estaban seguros de que el cielo iría al infierno en cuestión de segundos. Todo era perfecto: El arreglo de las toallas, los juguetes sexuales, la película porno jugando en el televisor de techo y la música romántica vibrante. Nada podría quitarle el placer de una gran noche.

El primer paso es sentarse junto a la cama. El hombre negro empezó a quitarse la ropa de las dos mujeres. Su lujuria y sed de sexo era tan grande que causaron un poco de ansiedad en esas dulces damas. Se estaba quitando la camisa mostrando el tórax y el abdomen bien trabajados por el entrenamiento diario en el gimnasio. Tus pelos promedio por toda esta región han atraído suspiros de las chicas. Después, se quitó los pantalones permitiendo la vista de su ropa interior Box, mostrando su volumen y masculinidad. En ese momento, les permitió tocar el órgano, haciéndolo más erecto. Sin secretos, tiró su ropa interior mostrando todo lo que Dios le dio.

Tenía veintidós centímetros de largo, catorce centímetros de diámetro suficiente para volverlos locos. Sin perder tiempo, cayeron sobre él. Empezaron con los preliminares. Mientras uno se tragaba la polla en la boca, el otro lamió las bolsas de escroto. En esta operación, han pasado tres minutos. Lo suficiente para estar completamente listo para el sexo.

Luego comenzó a penetrar en uno y luego en el otro sin preferencia. El ritmo frecuente de la lanzadera causó gemidos, gritos y orgasmos múltiples después del acto. Fueron treinta minutos de sexo vaginal. Cada uno la mitad del tiempo. Luego concluyeron con sexo oral y anal.

El fuego

Era una noche fría, oscura y lluviosa en la capital de todos los bosques de Pernambuco. Hubo momentos en que los vientos del frente alcanzaban los 100 kilómetros por hora asustando a las pobres hermanas Amelinha y Belinha. Las dos hermanas pervertidas se encontraron en la sala de estar de su sencilla residencia en el barrio de San Cristóbal. Sin nada que hacer, hablaban alegremente de cosas generales.

—Amelinha, ¿cómo te fue en la oficina de la granja?

—Lo mismo de siempre: organicé la planificación fiscal de la administración tributaria y aduanera, gestioné el pago de impuestos, trabajé en la prevención y la lucha contra la evasión fiscal. Es trabajo duro y aburrido. Pero gratificante y bien pagado. ¿Y tú? ¿Cómo fue tu rutina en la escuela? - Preguntó Amelinha.

—En clase, pasé los contenidos guiando a los estudiantes de la mejor manera posible. Corregí los errores y me llevé dos celulares de estudiantes que estaban perturbando la clase. También di clases de comportamiento, postura, dinámica y consejos útiles. Además de ser maestra, soy su madre. Prueba de esto es que, en el intermedio, me infiltré en la clase de estudiantes y, junto con ellos, jugamos a la rayuela, atropello y fuga. En mi opinión, la escuela es nuestro segundo hogar y debemos cuidar de las amistades y conexiones humanas que tenemos de ella, contestó Belinha.

—Brillante, mi hermana pequeña. Nuestros trabajos son geniales porque proporcionan importantes construcciones emocionales y de interacción entre las personas. Ningún humano puede vivir aislado, mucho menos sin recursos psicológicos y financieros, analizó Amelinha.

—Estoy de acuerdo. El trabajo es esencial para nosotros, ya que nos hace independientes del imperio sexista imperante en nuestra sociedad, dijo Belinha.

—Exactamente. Continuaremos en nuestros valores y actitudes. El hombre sólo es bueno en la cama- observó Amelinha.

—Hablando de hombres, ¿qué te pareció Christian? - Preguntó Belinha.

—Estuvo a la altura de mis expectativas. Después de tal experiencia, mis instintos y mi mente siempre piden más generación de insatisfacción interna. ¿Cuál es tu opinión? - Preguntó Amelinha.

—Fue bueno, pero también me siento como tú: incompleto. Estoy seco de amor y sexo. Quiero más y más. ¿Qué tenemos por hoy? - dijo Belinha.

—Se me acabaron las ideas. La noche es fría, oscura y oscura. ¿Oyes el ruido afuera? Hay mucha lluvia, fuertes vientos, relámpagos y truenos. ¡Tengo miedo! - Dijo Amelinha.

—¡Yo también! - Belinha confesó.

En este momento, un trueno se escucha a través de Arcoverde. Amelinha salta en el regazo de Belinha que grita de dolor y desesperación. Al mismo tiempo, falta electricidad, lo que los hace a ambos desesperados.

—¿Y ahora qué? ¿Qué vamos a hacer Belinha? - preguntó Amelinha.

—¡Quítate de encima, perra! ¡Traeré las velas! - Dijo Belinha. Belinha empujó suavemente a su hermana al lado del sofá mientras tocaba las paredes para llegar a la cocina. Como la casa es relativamente pequeña, no toma mucho tiempo completar esta operación. Usando tacto, toma las velas en el armario y las enciende con los fósforos estratégicamente colocados en la parte superior de la estufa.

Con el encendido de la vela, ella regresa tranquilamente a la habitación donde conoce a su hermana con una misteriosa sonrisa abierta en su rostro. ¿En qué estaba metida?

—¡Tú puedes desahogarte, hermana! Sé que estás pensando en algo, dijo Belinha.

—¿Y si llamamos a los bomberos de la ciudad advirtiendo de un incendio? Dijo que era Amelinha.

—A ver si lo entiendo. ¿Quieres inventar un fuego ficticio para atraer a estos hombres? ¿Y si nos arrestan? - Belinha tenía miedo.

—Mi colega! Estoy seguro de que les encantará la sorpresa. ¿Qué mejor tienen que hacer en una noche oscura y aburrida como esta? - dijo Amelinha.

—Usted tiene razón. Te agradecerán por la diversión. Vamos a romper el fuego que nos consume desde el interior. Ahora, la pregunta viene: ¿Quién tendrá el valor de llamarlos? - preguntó Belinha.

—Yo soy muy tímido. Te dejo esta tarea a ti, mi hermana- dijo Amelinha.

—Siempre yo. de acuerdo. Pase lo que pase, concluyó Belinha.

Al levantarse del sofá, Belinha se dirige a la mesa de la esquina donde está instalado el móvil. Llama al número de emergencia del departamento de bomberos y está esperando a que le contesten. Después de algunos toques, escucha una voz profunda y firme que habla desde el otro lado.

—Buenas noches. Este es el departamento de bomberos. ¿Qué es lo que quieres?

—Mi nombre es Belinha. Vivo en el barrio de San Cristóbal aquí en Arcoverde. Mi hermana y yo estamos desesperados con toda esta lluvia. Cuando la electricidad salió aquí en nuestra casa, causó un cortocircuito, empezando a incendiar los objetos. Por suerte, mi hermana y yo salimos. El fuego está consumiendo lentamente la casa. Necesitamos la ayuda de los bomberos, dijo angustiada la chica.

—Tómalo con calma, amigo. Vamos a estar allí pronto. ¿Puede dar información detallada sobre su ubicación? - Preguntó el bombero de guardia.

—Mi casa está exactamente en Central Avenue, tercera casa a la derecha. ¿Está bien para ustedes?

—Sé dónde está. Estaremos allí en unos minutos. Estar tranquiloLo dijo el bombero.

—Estamos esperando. ¡Gracias! - Gracias Belinha.

Regresando al sofá con una amplia sonrisa, los dos soltaron sus almohadas y resoplan con la diversión que estaban haciendo. Sin embargo, esto no se recomienda hacer a menos que fueran dos putas como ellos.

Unos diez minutos después, oyeron un golpe en la puerta y fueron a contestar. Cuando abrieron la puerta, se enfrentaron a tres rostros mágicos, cada uno con su belleza característica. Uno era negro, medía 1,80 m, piernas y brazos medianos. Otro era oscuro, de un metro y noventa de altura, musculoso y escultural. Un tercero era blanco, corto, delgado, pero muy cariñoso. El chico blanco quiere presentarse:

—¡Hola, señoritas, buenas noches! Mi nombre es Roberto. Este hombre de al lado se llama Matthew y el hombre marrón, Philip. ¿Cómo se llaman y dónde está el fuego?

—Soy Belinha, te hablé por teléfono. Esta morena es mi hermana Amelinha. Entra y te lo explicaré.

—Vale - Se llevaron a los tres bomberos al mismo tiempo.

El quinteto entró en la casa y todo parecía normal porque la electricidad había vuelto. Se asientan en el sofá del salón junto con las chicas. Sospechan, hacen la conversación.

—El fuego ha terminado, ¿verdad? - preguntó Matthew.

—Sí. Ya lo controlamos gracias a un gran esfuerzo- explicó Amelinha.

—¡Lástima! He estado queriendo trabajar. Allí en el cuartel la rutina es tan monótona -dijo Felipe.

—Yo tengo una idea. ¿Qué tal trabajar de una manera más placentera? - sugirió Belinha.

—¿Quieres decir que eres lo que pienso? - Preguntó Felipe.

—Sí. Somos mujeres solteras que aman el placer. ¿De humor para divertirse? - preguntó Belinha.

—Sólo si te vas ahora- respondió el hombre negro.
—Estoy en demasiado- confirmó el hombre marrón.
—El chico blanco está disponible.
—Digamos que las chicas.

El quinteto entró en la habitación compartiendo una cama doble. Entonces comenzó la orgía sexual. Belinha y Amelinha se turnaron para asistir al placer de los tres bomberos. Todo parecía mágico y no había mejor sensación que estar con ellos. Con variados regalos, experimentaron variaciones sexuales y posicionales creando una imagen perfecta.

Las chicas parecían insaciables en su ardor sexual lo que volvía locos a esos profesionales. Pasaron la noche teniendo sexo y el placer parecía nunca terminar. No se fueron hasta que recibieron una llamada urgente del trabajo. Renunciaron y fueron a responder al informe policial. Aun así, nunca olvidarían esa maravillosa experiencia junto a las "Hermanas Pervertidas".

Consulta médica

Amaneció en la hermosa capital del interior. Normalmente, las dos hermanas pervertidas se levantaban temprano. Sin embargo, cuando se levantaron, no se sintieron bien. Mientras Amelinha seguía estornudando, su hermana Belinha se sentía un poco sofocada. Estos hechos probablemente vinieron de la noche anterior en Plaza de la guerra de Virginia donde bebieron, se besaron en la boca y resoplan armoniosamente en la noche serena.

Como no se sentían bien y sin fuerzas para nada, se sentaban en el sofá religiosamente pensando en qué hacer porque los compromisos profesionales esperaban ser resueltos.

–¿Qué vamos a hacer, hermana? Estoy totalmente sin aliento y agotado- dijo Belinha.

–¡Cuéntame! Tengo dolor de cabeza y estoy empezando a tener un virus. ¡Estamos perdidos! - dijo Amelinha.

–¡Pero no creo que sea una razón para faltar al trabajo! ¡La gente depende de nosotros! - Dijo Belinha

–¡Cálmate, no entremos en pánico! ¿Qué tal si nos unimos a la buena? - Sugirió Amelinha.

–No me digas que estás pensando lo que estoy pensando.... - Belinha estaba sorprendido.

–Así es. ¡Vamos juntos al médico! ¡Será una gran razón para faltar al trabajo y quién sabe que no sucede lo que queremos! - Dijo Amelinha

–Gran idea! ¿A qué estamos esperando? ¡Vamos a prepararnos! - preguntó Belinha.

–¡Vamos! - Amelinha estuvo de acuerdo.

Los dos fueron a sus respectivos recintos. Estaban tan entusiasmados con la decisión; Ni siquiera parecían enfermos. ¿Fue toda su invención? Perdóneme, lector, no pensemos mal de nuestros queridos amigos. En cambio, los acompañaremos en este nuevo y emocionante capítulo de sus vidas.

En el dormitorio, se bañaban en sus suites, se ponían ropa y zapatos nuevos, se peinaban el pelo largo, se ponían un perfume francés y luego iban a la cocina. Allí, rompieron huevos y queso llenando dos panes y comieron con un jugo frío. Todo estaba muy delicioso. Aun así, no parecían sentirlo porque la ansiedad y el nerviosismo frente a la cita con el médico eran gigantescos.

Con todo listo, dejaron la cocina para salir de la casa. Con cada paso que daban, sus pequeños corazones palpitaban de emoción pensando en una experiencia completamente nueva. ¡Benditos sean todos ellos! ¡El optimismo se apoderó de ellos y fue algo para ser seguido por otros!

En el exterior de la casa, van al garaje. Abriendo la puerta en dos intentos, se paran frente al modesto coche rojo. A pesar de su buen gusto en coches, prefirieron los populares a los clásicos por miedo a la violencia común presente en casi todas las regiones brasileñas.

Sin demora, las chicas entran en el coche dando la salida suavemente y luego uno de ellos cierra el garaje volviendo al coche inmediatamente después. Quién conduce es Amelinha con experiencia ya diez años. Belinha aún no puede conducir.

La ruta muy corta entre su hogar y el hospital se realiza con seguridad, armonía y tranquilidad. En ese momento, tenían la falsa sensación de que podían hacer cualquier cosa. Contradictoriamente, tenían miedo de su astucia y libertad. Ellos mismos se sorprendieron por las acciones tomadas. ¡No fue por nada menos que fueron llamados buenos bastardos!

Al llegar al hospital, programaron la cita y esperaron a ser llamados. En este intervalo de tiempo, se aprovecharon de hacer un snack e intercambiaron mensajes a través de la aplicación móvil con sus queridos sirvientes sexuales. ¡Más cínico y alegre que estos, era imposible ser!

Después de un tiempo, es su turno de ser vistos. Inseparables, entran en la oficina de cuidados. Cuando esto sucede, el médico casi tiene un ataque al corazón. Frente a ellos había una pieza rara de un hombre: Un rubio alto, de un metro y noventa centímetros de altura, barbudo, pelo formando una cola de caballo, brazos y pechos musculosos, caras naturales con un aspecto angelical. Incluso antes de que pudieran redactar una reacción, invita:

−¡Sentaos los dos, sentaos!

−¡Gracias! - Dijeron ambos.

Los dos tienen tiempo para hacer un rápido análisis del entorno: Delante de la mesa de servicio, el médico, la silla en la que estaba sentado y detrás de un armario. En el lado derecho, una cama. En la pared, pinturas expresionistas del autor Cândido Portinari representan al hombre del campo. El ambiente es muy acogedor dejando a las chicas a gusto. El ambiente de relajación se rompe por el aspecto formal de la consulta.

—¡Díganme qué sienten, chicas!

Eso sonó informal para las chicas. ¡Qué dulce era ese hombre rubio! Debe haber sido delicioso para comer.

—¡Dolor de cabeza, indisposición y virus! - Le dijo a Amelinha.

—¡Estoy sin aliento y cansado! - reclamó a Belinha.

—¡Está bien! ¡Déjame echar un vistazo! ¡Acuéstate en la cama! - preguntó el Doctor.

Las putas apenas respiraban a petición suya. El profesional les hizo quitarse parte de la ropa y los sintió en varias partes que causaron escalofríos y sudores fríos. Al darse cuenta de que no había nada serio con ellos, el asistente bromeó:

—¡Todo se ve perfecto! ¿De qué quieres que tengan miedo? ¿Una inyección en el culo?

—¡Me encanta! ¡Si es una inyección grande y gruesa aún mejor! - dijo Belinha.

—¿Te vas a aplicar despacio, amor? - dijo Amelinha.

—¡Ya estás pidiendo demasiado! - señaló el clínico.

Cerrando la puerta con cuidado, cae sobre las chicas como un animal salvaje. Primero, quita el resto de la ropa de los cuerpos. Esto agudiza aún más su libido. Al estar completamente desnudo, admira por un momento a esas criaturas escultóricas. Entonces es su turno de lucirse. Se asegura de que se quiten la ropa. Esto aumenta la interacción y la intimidad entre el grupo.

Con todo listo, comienzan los preliminares del sexo. Usando la lengua en partes sensibles como el ano, el culo y la oreja la rubia provoca mini orgasmos de placer en ambas mujeres. Todo iba bien incluso cuando alguien seguía llamando a la puerta. No hay salida, tiene que responder. Camina un poco y abre la puerta. Al hacerlo, se encuentra con la enfermera de guardia: una mulata delgada, con las piernas delgadas y muy baja.

—Doctor, tengo una pregunta sobre la medicación de un paciente: ¿son quinientos o trescientos miligramos de Clotrimazol? - Preguntó Roberto mostrando una receta.

—¡Quinientos! - Confirmado Alex.

En ese momento, la enfermera vio los pies de las chicas desnudas que trataban de esconderse. Se río por dentro.

—Bromeando un poco, ¿no, Doctor? ¡Ni siquiera llames a tus amigos!

—¡Disculpa! ¿Quieres unirte a la pandilla?

—¡A mí me encantaría!

—Entonces ven!

Los dos entraron en la habitación cerrando la puerta detrás de ellos. Más que rápido, el mulato se quitó la ropa. Totalmente desnudo, mostró su largo, grueso y venoso mástil como un trofeo. Belinha estaba encantado y pronto le estaba dando sexo oral. Alex también exigió que Amelinha hiciera lo mismo con él. Después de oral, comenzaron anal. En esta parte, Belinha encontró muy difícil aferrarse a la polla monstruo de la enfermera. Pero una vez que entró en el agujero, su placer fue enorme. Por otro lado, no sintieron ninguna dificultad porque su pene era normal.

Luego tuvieron sexo vaginal en varias posiciones. El movimiento de ida y vuelta en la cavidad causó alucinaciones en ellos. Después de esta etapa, los cuatro se unieron en un grupo de sexo. Fue la mejor experiencia en la que se gastaron las energías restantes. Quince minutos después, ambos estaban agotados. Para las hermanas, el sexo nunca terminaría, pero bueno como se respetaba la fragilidad de esos hombres. No queriendo perturbar su trabajo, dejan de tomar el certificado de justificación del trabajo y su teléfono personal. Se fueron completamente compuestas sin despertar la atención de nadie durante el cruce del hospital.

Al llegar al aparcamiento, entraron en el coche y comenzaron el camino de vuelta. Felices como son, ya estaban pensando en su próxima travesura sexual. ¡Las hermanas pervertidas eran realmente algo!

Lección privada

Fue una tarde como cualquier otra. Recién llegadas del trabajo, las hermanas pervertidas estaban ocupadas con las tareas domésticas. Después de terminar todas las tareas, se reunieron en la sala para descansar un poco. Mientras Amelinha leía un libro, Belinha usaba el Internet móvil para navegar por sus sitios web favoritos.

En algún momento, Belinha grita en voz alta en la habitación, lo que asusta a su hermana.

- ¿Qué pasa, niña? ¿Estás loco? - Preguntó Amelinha.

-Acabo de acceder a la página web de concursos con una agradecida sorpresa-informó Belinha.

-Dime algo más!

-Las inscripciones del tribunal regional federal son abiertas. ¿Vamos a hacer?

- ¡Buena decisión, mi hermana! ¿Cuál es el salario?

-Más de diez mil dólares iniciales.

-Muy bien! Mi trabajo es mejor. Sin embargo, haré el concurso porque me estoy preparando buscando otros eventos. Servirá como un experimento.

- ¡Lo haces muy bien! Me animas. Ahora, no sé por dónde empezar. ¿Me puedes dar consejos?

-Compre un curso virtual, haga muchas preguntas en los sitios de prueba, haga y rehaga pruebas anteriores, escriba resúmenes, vea consejos y descargue buenos materiales en Internet, entre otras cosas.

-Gracias! ¡Tomaré todos estos consejos! Pero necesito algo más. Mira, hermana, ya que tenemos dinero, ¿qué tal si pagamos una clase privada?

-No había pensado en eso. ¡Es una buena idea! ¿Tiene alguna sugerencia para una persona competente?

-Tengo un profesor muy competente aquí de Arcoverde en mis contactos telefónicos. ¡Mira a su foto!

Belinha le dio a su hermana su celular. Al ver la foto del chico, ella estaba extasiada. ¡Además de guapo, era inteligente! Sería una víctima perfecta de la pareja uniéndose a lo útil a lo agradable.

- ¿A qué estamos esperando? ¡Ve por él, hermana! Tenemos que estudiar pronto. - dijo Amelinha.

- ¡Lo tienes! - Belinha aceptó.

Al levantarse del sofá, comenzó a marcar los números del teléfono en el teclado numérico. Una vez hecha la llamada, sólo tomará unos minutos para ser contestada.

-Hola. ¿Se encuentra usted bien?

-Todo es genial, Renato.

-Enviar a cabo las órdenes.

-Estaba navegando por Internet cuando descubrí que las solicitudes para la competencia del tribunal regional federal están abiertas. Nombré a mi mente inmediatamente como un maestro respetable. ¿Recuerdas la temporada escolar?

-Recuerdo bien esa vez. ¡Buenos tiempos a los que no vuelven!

-Eso es correcto! ¿Tienes tiempo para darnos una lección privada?

- ¡Qué conversación, jovencita! ¡Para ti siempre tengo tiempo! ¿Qué fecha nos fijamos?

- ¿Podemos hacerlo a las dos en punto mañana en la tarde?¡Tenemos que empezar!

- ¡Por supuesto que sí! Con mi ayuda, humildemente digo que las posibilidades de pasar aumentan increíblemente.

- ¡Estoy seguro de ello!

- ¡Qué bueno! Puedes esperarme a las 2:00.

-Muchas gracias! ¡Nos vemos mañana mismo!

- ¡Nos vemos más tarde!

Belinha colgó el teléfono y dibujó una sonrisa para su compañero. Sospechando la respuesta, Amelinha preguntó:
- ¿Cómo te fue?
-Él aceptó. Mañana a las 2:00 estará aquí.
- ¡Qué bueno! ¡Los nervios me están matando!
- ¡Tómalo con calma, hermana! Todo va a estar bien.
-Amén!
- ¿Vamos a preparar la cena? ¡Yo ya tengo hambre!
-Bien recordado.!

La pareja pasó de la sala de estar a la cocina donde en un ambiente agradable conversaron, jugaron, cocinaron entre otras actividades. Eran figuras ejemplares de hermanas unidas por el dolor y la soledad. El hecho de que fueran bastardos en el sexo sólo los calificaba aún más. Como todos saben, la mujer brasileña tiene sangre caliente.

Poco después, estaban fraternizando alrededor de la mesa, pensando en la vida y sus vicisitudes.

- ¡Comiendo este delicioso pollo stroganoff, recuerdo al hombre negro y a los bomberos! ¡Momentos que nunca parecen pasar! - ¡Dijo Belinha!

- ¡Cuéntame! ¡Esos tipos son deliciosos! ¡Sin mencionar a la enfermera y al doctor! ¡A mí también me encantó! - ¡Me acordé de Amelinha!

- ¡Es verdad, mi hermana! ¡Tener un hermoso mástil cualquier hombre se vuelve agradable! ¡Que las feministas me perdonen!

- ¡No necesitamos ser tan radicales...!

Los dos se ríen y siguen comiendo la comida de la mesa. Por un momento, nada más importaba. Parecían estar solos en el mundo y eso los calificaba como Diosas de belleza y amor. Porque lo más importante es sentirse bien y tener autoestima.

Confiados en sí mismos, continúan en el ritual familiar. Al final de esta etapa, navegan por Internet, escuchan música en el estéreo de la sala de estar, ven telenovelas y, más tarde, una película porno. Esta acometida los deja sin aliento y cansados forzándolos a descansar en sus respectivas habitaciones. Estaban esperando ansiosamente el día siguiente.

No pasará mucho tiempo antes de que caigan en un sueño profundo. Aparte de las pesadillas, la noche y el amanecer tienen lugar dentro del rango normal. Tan pronto como amanece, se levantan y comienzan a seguir la rutina normal: Baño, desayuno, trabajo, regreso a casa, baño, almuerzo, siesta y traslado a la habitación donde esperan la visita programada.

Cuando oyen llamar a la puerta, Belinha se levanta y va a responder. Al hacerlo, se encuentra con el maestro sonriente. Esto le causó una buena satisfacción interna.

- ¡Bienvenido de nuevo, mi amigo! ¿Estás listo para enseñarnos?

-Sí, muy, ¡muy listo! ¡Gracias de nuevo por esta oportunidad! - dijo Renato.

-Vamos a entrar! - dijo Belinha.

El niño no lo pensó dos veces y aceptó la petición de la niña. Saludó a Amelinha y a su señal, se sentó en el sofá. Su primera actitud fue quitarse la blusa de punto negro porque hacía demasiado calor. Con esto, dejó su coraza bien trabajada en el gimnasio, el sudor goteando y su luz de piel oscura. Todos estos detalles eran un afrodisíaco natural para esos dos "pervertidos".

Fingiendo que no pasaba nada, se inició una conversación entre los tres.

- ¿Preparó una buena clase, profesor? - Preguntó Amelinha.

-Sí! ¿Vamos a empezar con qué artículo? - Preguntó Renato.

-No lo sé... - dijo Amelinha.

- ¿Qué tal si nos divertimos primero? ¡Después de que te quitaste la camisa, me mojé! - confesó Belinha.

-Yo también- Dijo Amelinha.

-Ustedes dos son realmente maníacos sexuales! ¿No es eso lo que amo? - dijo el maestro.

Sin esperar una respuesta, se quitó sus vaqueros azules mostrando los músculos aductores de su muslo, sus gafas de sol mostrando sus ojos azules y finalmente su ropa interior mostrando una perfección de pene largo, grosor medio y con cabeza triangular. Fue suficiente para que las pequeñas putas cayeran encima y empezaran a disfrutar de ese cuerpo varonil y jovial. Con su ayuda, se quitaron la ropa y comenzaron los preliminares del sexo.

En resumen, este fue un encuentro sexual maravilloso donde experimentaron muchas cosas nuevas. Fueron casi cuarenta minutos de sexo salvaje en completa armonía. En estos momentos, la emoción era tan grande que ni siquiera notaron el tiempo y el espacio. Por lo tanto, eran infinitos a través del amor de Dios.

Cuando llegaron al éxtasis, descansaron un poco en el sofá. A continuación, estudiaron las disciplinas asignadas por el concurso. Como estudiantes, los dos eran serviciales, inteligentes y disciplinados, lo cual fue observado por el maestro. Estoy seguro de que iban de camino a la aprobación.

Tres horas después, dejaron de prometer nuevas reuniones de estudio. Felices en la vida, las hermanas pervertidas fueron a ocuparse de sus otros deberes ya pensando en sus próximas aventuras. Eran conocidos en la ciudad como "El Insaciable".

Prueba de competición

Ha pasado un tiempo. Durante unos dos meses, las hermanas pervertidas se dedicaban al concurso según el tiempo disponible. Cada día que pasaba, estaban más preparados para lo que iba y venía. Al mismo tiempo, hubo encuentros sexuales y en esos momentos fueron liberados.

El día de la prueba había llegado finalmente. Saliendo temprano de la capital del interior, las dos hermanas comenzaron a caminar por la carretera BR 232 de una ruta total de 250 km. En el camino, pasaron por los principales puntos del interior del estado: Pesqueira, Belo Jardim, São Caetano, Caruaru, Gravatá, Bezerros y Vitória de Santo Antão. Cada una de estas ciudades tenía una historia que contar y por su experiencia la absorbieron por completo. Qué bueno era ver las montañas, el bosque atlántico, la caatinga, las granjas, las granjas, los pueblos, los pueblos pequeños y disfrutar del aire limpio que proviene de los bosques. ¡Pernambuco era un estado maravilloso!

Entrando en el perímetro urbano de la capital, celebran la buena realización del Viaje. Tome la avenida principal al barrio buen viaje donde realizarían la prueba. En el camino, enfrentan tráfico congestionado, indiferencia de extraños, aire contaminado y falta de orientación. Pero finalmente lo lograron. Entraron en el edificio respectivo, se identificaron y comenzaron la prueba que duraría dos períodos. Durante la primera parte de la prueba, se centran totalmente en el desafío de las preguntas de opción múltiple. Bien elaborado por el banco responsable del evento, provocó las más diversas elaboraciones de los dos. En su opinión, lo estaban haciendo bien. Cuando tomaron el descanso, salieron a almorzar y tomar un jugo en un restaurante frente al edificio. Estos momentos fueron importantes para mantener su confianza, relación y amistad.

Después de eso, volvieron al sitio de pruebas. Luego comenzó el segundo período del evento con temas relacionados con otras disciplinas. Incluso sin mantener el mismo ritmo, seguían siendo muy perceptivos en sus respuestas. Demostraron de esta manera que la mejor manera de aprobar concursos es dedicando mucho a los estudios. Un tiempo después, terminaron su participación confiada. Entregaron las pruebas, regresaron al auto, y se dirigieron hacia la playa cercana.

En el camino, tocaron, encendieron el sonido, comentaron sobre la carrera y avanzaron por las calles de Recife mirando las calles iluminadas de la capital porque era casi de noche. Se maravillan del espectáculo visto. No es de extrañar que la ciudad sea conocida como la "Capital de los trópicos". La puesta de sol da al entorno un aspecto aún más magnífico. ¡Qué bueno estar ahí en ese momento! Cuando llegaron al nuevo punto, se acercaron a las orillas del mar y luego se lanzaron a sus aguas frías y tranquilas. El sentimiento provocado es éxtasis de alegría, satisfacción, satisfacción y paz. Perdiendo la noción del tiempo, nadan hasta cansarse. Después de eso, se acuestan en la playa a la luz de las estrellas sin ningún miedo o preocupación. La magia se apoderó de ellos brillantemente. Una palabra para ser usada en este caso fue "Inconmensurable".

En algún momento, con la playa casi desierta, hay un acercamiento de dos hombres de las chicas. Tratan de ponerse de pie y correr en la cara del peligro. Pero son detenidos por los fuertes brazos de los chicos.

—¡Tómenlo con calma, chicas! ¡No vamos a hacerte daño! ¡Sólo pedimos un poco de atención y cariño! - Habló uno de ellos.

Frente al tono suave, las chicas se reían con emoción. Si querían sexo, ¿por qué no satisfacerlos? Eran maestros en este arte. Respondiendo a sus expectativas, se pusieron de pie y les ayudaron a quitarse la ropa. Entregaron dos condones e hicieron un striptease. Fue suficiente para volver locos a esos dos hombres.

Cayendo al suelo, se amaban en parejas y sus movimientos hacían temblar el suelo. Se permitían todas las variaciones y deseos sexuales de ambos. En este punto de entrega, no les importaba nada ni nadie. Para ellos, estaban solos en el universo en un gran ritual de amor sin prejuicios. En el sexo, estaban completamente entrelazados produciendo un poder nunca antes visto. Al igual que los instrumentos, formaban parte de una fuerza mayor en la continuación de la vida.

El agotamiento los obliga a parar. Completamente satisfechos, los hombres renunciaron y se fueron. Las chicas deciden volver al coche. Comienzan su viaje de vuelta a su residencia. Totalmente bien, se llevaron con ellos sus experiencias y esperaban buenas noticias sobre el concurso en el que participaron. Ciertamente merecían la mejor suerte del mundo.

Tres horas después, volvieron a casa en paz. Ellos agradecen a Dios por las bendiciones otorgadas por ir a dormir. El otro día, estaba esperando más emociones para los dos maníacos.

El regreso del maestro

Amaneció. El sol se levanta temprano con sus rayos que pasan a través de las grietas de la ventana que va a acariciar los rostros de nuestros queridos bebés. Además, la fina brisa matutina ayudó a crear ambiente en ellos. Qué agradable fue tener la oportunidad de otro día con la bendición del Padre. Lentamente, los dos se están levantando de sus respectivas camas casi al mismo tiempo. Después del baño, su reunión se lleva a cabo en el dosel donde preparan el desayuno juntos. Es un momento de alegría, anticipación y distracción compartiendo experiencias en momentos increíblemente fantásticos.

Después de que el desayuno está listo, se reúnen alrededor de la mesa cómodamente sentados en sillas de madera con un respaldo para la columna. Mientras comen, intercambian experiencias íntimas.

Belinha

Mi hermana, ¿qué fue eso?

Amelinha

Pura emoción! ¡Aún recuerdo cada detalle de los cuerpos de esos queridos cretinos!

Belinha

¡Yo también! Sentí un gran placer. Fue casi extrasensorial.

Amelinha

¡Lo sé! ¡Hagamos estas locuras más a menudo!

Belinha

¡Estoy de acuerdo!

Amelinha
¿Te gustó la prueba?
Belinha
Me encantó. me muero por comprobar mi rendimiento!
Amelinha
¡Yo también!
Tan pronto como terminaron de alimentarse, las niñas recogieron sus teléfonos celulares accediendo a Internet móvil. Ellos navegaron a la página de la organización para comprobar la retroalimentación de la prueba. Lo escribieron en papel y fueron a la habitación a revisar las respuestas.

Dentro, saltaron de alegría cuando vieron la buena nota. ¡Ellos ya habían pasado! La emoción sentida no podía ser contenida en este momento. Después de celebrar mucho, tiene la mejor idea: Invitar al Maestro Renato para que puedan celebrar el éxito de la misión. Belinha está de nuevo a cargo de la misión. Coge su teléfono y llama.

Belinha
¿Hola?
Renato
Hola, ¿te encuentras bien? ¿Cómo estás, dulce Belle?
Belinha
¡Muy bien! Adivina qué acaba de pasar.
Renato
No me digas que...
Belinha
¡Sí! ¡Hemos pasado el concurso!
Renato
¡Mis felicitaciones! ¿No te lo dije?
Belinha
Quiero darle las gracias por su cooperación en todos los sentidos. Tú me entiendes, ¿verdad?
Renato

Sí que lo entiendo. Tenemos que arreglar algo. preferiblemente en tu casa.

Belinha

Eso es exactamente por lo que llamé. ¿Podemos hacerlo hoy mismo?

Renato

¡Sí! Puedo hacerlo esta noche.

Belinha

Maravilla. Te esperamos a las ocho de la noche.

Renato

De acuerdo. ¿Puedo llevar a mi hermano?

Belinha

¡Por supuesto!

Renato

¡Nos vemos más tarde!

Belinha

¡Nos vemos más tarde!

La conexión termina. Mirando a su hermana, Belinha se ríe de la felicidad. Curioso, la otra pregunta:

Amelinha

¿Y qué? ¿Va a venir?

Belinha

¡Todo va a estar bien! A las ocho de la noche nos reuniremos. ¡Él y su hermano vienen! ¿Has pensado en orgía?

Amelinha

¡Háblame de eso! ¡Ya estoy latiendo con emoción!

Belinha

¡Que haya un corazón! ¡Espero que salga bien!

Amelinha

- ¡Ya está todo arreglado!

Los dos se ríen simultáneamente llenando el ambiente con vibraciones positivas. En ese momento, no tenía duda de que el destino estaba conspirando para una noche de diversión para ese dúo maníaco. Ya habían alcanzado tantas etapas juntas que no se debilitarían ahora. Por lo tanto, deben seguir idolatrando a los hombres como un juego sexual y luego descartarlos. Era lo menos que podía hacer la raza para pagar su sufrimiento. De hecho, ninguna mujer merece sufrir. O más bien, casi todas las mujeres no merecen dolor.

Hora de ponerse a trabajar. Dejando la habitación ya lista, las dos hermanas van al garaje donde salen en su coche privado. Amelinha lleva a Belinha a la escuela primero y luego se va a la oficina de la granja. Allí, ella exuda alegría y cuenta las noticias profesionales. Para la aprobación del concurso, recibe las felicitaciones de todos. Lo mismo le pasa a Belinha.

Más tarde, regresan a casa y se encuentran de nuevo. Entonces comienza la preparación para recibir a sus colegas. El día prometió ser aún más especial.

Exactamente a la hora programada, oyen llamar a la puerta. Belinha, la más inteligente de ellas, se levanta y contesta. Con pasos firmes y seguros se pone en la puerta y la abre lentamente. Al terminar esta operación, visualiza a la pareja de hermanos. Con una señal de la anfitriona, entran y se asientan en el sofá del salón.

Renato
Este es mi hermano. Su nombre es Ricardo.
Belinha
Encantado de conocerte, Ricardo.
Amelinha
¡Usted es bienvenido aquí!
Ricardo
Les doy las gracias a ambos. ¡El placer es todo mío!
Renato
¡Estoy listo! ¿Podemos ir a la habitación?
Belinha
¡Vamos!

Amelinha
¿Quién se queda con quién ahora?
Renato
Yo elijo a Belinha.
Belinha
¡Gracias, Renato, muchas gracias! ¡Ya estamos todos juntos!
Ricardo
¡Estaré feliz de quedarme con Amelinha!
Amelinha
¡Te vas a estremecer!
Ricardo
¡Vamos a ver!
Belinha
¡Que empiece la fiesta!

Los hombres colocaron suavemente a las mujeres en el brazo llevándolas hasta las camas ubicadas en el dormitorio de una de ellas. Al llegar al lugar, se quitan la ropa y caen en los hermosos muebles iniciando el ritual del amor en varias posiciones, intercambio de caricias y complicidad. La emoción y el placer eran tan grandes que los gemidos producidos se podían escuchar al otro lado de la calle escandalizando a los vecinos. Quiero decir, no tanto, porque ya sabían de su fama.

Con la conclusión desde arriba, los amantes regresan a la cocina donde beben jugo con galletas. Mientras comen, charlan durante dos horas, aumentando la interacción del grupo. Lo bueno que era estar allí aprendiendo sobre la vida y cómo ser feliz. El contentamiento es estar bien consigo mismo y con el mundo afirmando sus experiencias y valores ante otros llevando la certeza de no poder ser juzgado por otros. Por lo tanto, el máximo que creían era "Cada uno es su propia persona".

Al anochecer, por fin se despiden. Los visitantes salen del "Querido Pirineo" aún más eufóricos al pensar en nuevas situaciones. El mundo seguía girando hacia los dos confidentes. ¡Que tengan mucha suerte!

Fin

www.ingramcontent.com/pod-product-compliance
Lightning Source LLC
LaVergne TN
LVHW040203080526
838202LV00042B/3307